Für die beste Tochter der Welt!

GROH

Was für ein Wunder,
vom ersten Tag an zu sehen,
wie du heranwächst, dich entwickelst,
und deine Persönlichkeit immer weiter
aufblüht. Ich bin so stolz auf dich!

Für mich bist du
die beste Tochter der Welt ...

... weil du **stark genug** bist,
um loszulassen.

... weil du mir dein **Vertrauen**
schenkst,

... und ich weiß, dass ich dir
vertrauen kann.

… weil ich dich vom *ersten*
Atemzug an begleiten durfte,

… weil ich es toll finde, wie du
deinen *eigenen Weg* gehst.

… weil du mir zeigst, wie wichtig ich *noch immer* für dich bin.

… weil du auch *Verständnis* hast, wenn ich mal nicht so gut drauf bin.

... weil du deinen ganz
eigenen Stil hast,

... und weil du trägst,
was dir gefällt.

… weil es schön ist, dich *lachen* zu hören.

… weil du mich manchmal aufziehst, aber meist auf *eine nette Art.*

CRAYON

… weil du die guten Seiten an mir zum Vorschein bringst,

… und weil ich mich durch dich erst wirklich *kennenlernen* konnte.

… weil wir uns *ineinander spiegeln* können.

… weil du, *als du klein warst,* so gern in Pfützen gesprungen bist,

… und ich mich durch dich wieder ans Kindsein *erinnern* durfte.

... weil du mir so *vertraut* bist.

... weil du mich nie im Regen stehen lassen würdest.

... weil du das *Herz* am rechten Fleck hast.

… weil du deine Krallen ausfahren
kannst, **wenn es sein muss.**

... weil uns *gemeinsame Geschichten* verbinden,

... und wir uns gern daran erinnern.

... weil uns oft dieselben Dinge *wichtig* sind.

… weil du dich gern von mir **verwöhnen** lässt.

… weil wir unsere **gemeinsame Zeit** genießen.

… weil du mit deinen Sorgen *zu mir kommst,*

… aber auch deine *Geheimnisse* vor mir hast.

… weil es mit dir immer spannend bleibt.

… weil du **ein Stück Familie** für mich bist.

… weil du die **Zukunft** bist,

… und weil du viele Träume hast.

… weil du dich **nicht entmutigen** lässt.

... weil du **voller Energie** und Lebenskraft steckst.

... weil du mein Leben **bunter** machst.

… weil du mir so viel Liebe schenkst.

... weil du etwas ganz Besonderes bist,

... und weil du tolle Einfälle hast.

... weil du mich immer wieder in Erstaunen versetzt.

… weil wir uns in vielen Dingen *ähnlich* sind,

… und du dennoch *ganz du selbst* bist.

… weil du für immer *meine kleine Prinzessin*
sein wirst.

... weil wir **aneinander wachsen,**

... und du ein **wichtiger Teil** von mir bist.

... es gibt noch so viele andere Gründe, warum du so eine besondere Tochter und ein wunderbarer Mensch bist.

Du bist mein größtes Geschenk.
Ich hab dich sehr lieb.

FSC® www.fsc.org
MIX
Papier aus verantwortungsvollen Quellen
FSC® C011862

Die nachhaltige Waldbewirtschaftung und die verantwortungsvolle Gewinnung des Rohstoffs Papier ist uns ein Anliegen. Daher werden alle Buch- und Kalender-Neuheiten auf FSC®-zertifiziertem Papier gedruckt.

GEBORGENHEIT 1000 DANK

LIEBE ZUNEIGUNG KLEINE FREUDEN

Einen kleinen Gruß MUT SCHENKEN

Familie bedeutet Geborgenheit. Familie bedeutet Menschen, die für uns da sind und auf die wir uns verlassen können. Uns verbinden Erinnerungen, die wir teilen, und Emotionen, die uns bewegen. Das macht das Schenken viel leichter – aber auch schwerer. Geschenke können schließlich vieles sagen. Damit Sie sich auf die Geste des Schenkens konzentrieren können, übernehmen wir bei GROH die Botschaft. Denn als Familienunternehmen wissen wir, worauf es ankommt.

Ihr Joachim Groh

Dieses Buch entstand in enger Zusammenarbeit mit meiner Kollegin Steffi Schmauder. Wir haben Ideen gesammelt, Gedanken sortiert, Texte verfasst und wieder verworfen, neu geschrieben und umgestellt. Wir haben nach den schönsten Bildern gesucht und nicht aufgegeben, bis wir sie gefunden hatten. Mit unserer Grafikerin haben wir die Gestaltung entwickelt und daran gefeilt, Cover und Farben abgestimmt und nicht locker gelassen, bis alle zufrieden waren. Wir haben uns über jedes Puzzlestück gefreut, das seinen Platz im großen Ganzen gefunden hat – und hier ist es nun: ein Geschenk, das von Herzen kommt.

Vielen Dank an alle Beteiligten!
Paulina Palomino

Bildnachweis: Muster Titel und Innenteil: Shutterstock/flovie; Hintergrund Papier: iStock.com/Zakharova_Natalia; Hintergrund Leinen: Shutterstock/Roman Peregontsev; S. 2: iStock.com/Catherine Lane 2015; S. 4: iStock.com/Nastco; S. 7: Getty Images/Tetra Images; S. 9: iStock.com/beaer_photo; S. 11: Photocase.de/lenipopeni; S. 13: F1online/Thomas Barwick Diamond; S. 14: Plainpicture/johner/Fredrik Ludvigsson; S. 17: iStock.com/annie-claude; S. 18: Getty Images/EyeEm/Monika Grabowska; S. 20/21: Photocase.de/marshi; S. 23: iStock.com/yuelan; S. 24: iStock.com/Floortje; S. 26: Getty Images/Moment/Valentina Franco Photography; S. 28/29: Photocase.de/kallejipp; S. 31: iStock.com/alexandrumagurean; S. 32: Getty Images/Westend61; S. 34/35: Photocase.de/AllzweckJack; S. 36: Photocase.de/Deyan Georgiev; S. 39: Photocase.de/claudiarndt; S. 40/41: Getty Images/Vetta/DaydreamsGirl; S. 43: Getty Images/Aflo/SHOSEI; S. 44: iStock.com/takasuu.

Layout: Petra Schmidt Grafik Design
Satz: textum GmbH, München

ISBN 978-3-8485-1783-1

177014-4355-03